KB136215

내 눈은 USB

김귀자 동시집 • 백지연 그림

시인

2년 가까이 코로나 팬데믹의 힘든 시기에도 봄은 오듯이 2021년 봄 햇살은 내게도 새롭게 찾아들었어요. 안양시문화예술재단창작 지원금 수혜자로 선정되어 세 번째 동시집을 엮을 수 있게 된 소식과 함께 둘째 아들 짝꿍―새 가족을 맞아들인 기쁨이지요. 다른 사람들에게는 이미 다 이루고 지나간 평범한 일상들이겠지만 나에겐 어려운 때 이뤄진 일이라 더 은혜로운 기쁨으로 다가왔어요. 요즘은 하루를 무사히 숨 쉬고 걸어 다닐 수만 있어도 감사한 일이라잖아요. 아침에 눈을 뜨며 감사스위치 딸깍! 짧은 감사의 기도 한마디를 뇌이며 하루를 열어요. 그러면 한결 가벼운 마음으로 주어진 일상의 어려움도 있는 그대로 받아들이고 평온해져요.

산책길에서 만나는 새들은 아무리 힘들고 누가 뭐라 해도 평화롭게 노래하고, 길섶의 꽃들은 화려하거나 소박하거나 밟히고 꺾이고 흔들려도 한마디 불평 없이 방글방글 웃기만 하지요. '그래서 너희들은 마스크도 안 하는구나!' 우리도 그럴 수 있다면… 맑고 밝고 순수한 마음으로 정화되고, 위로와 희망을 줄 수 있는 따뜻하고 재미있는 시를 쓰고 싶어 홀로 말을 걸며 동심에 젖어 보곤 해요.

요즘처럼 정상적 모임이나 외출이 어려워 집에 머무는 시간이 많아지면서 그동안 소홀했던 가족에 대한 관심과 친구 생각, 일상의 사물이나 자연을 좀 더 새로운 시선으로 바라보게 되었어요. 결코 나쁘지만 않은 아름다운 세상 모든 걸 보고 느끼고 담을 수 있는 눈이 있어 감사하고 이런 '내 눈은 USB'같다는 생각을 했어요.

이렇게 빚어진 발표작 30여 편을 부분 수정하고 신작 20여 편을 모아 '내 눈은 USB' 안에 담아보았어요. 대체로 1부는 가족 사랑으로 어려운 때일수록 가족의 소중함을 알고 가정 안에서의 기쁨과 행복, 따뜻함을 느끼며 위로와 희망을 갖게 해요. 2부는 일상생활에서 사물을 통해 깊이 사고하며 삶의 지혜와 이치를 깨닫고, 어떻게 살아가야하는지 자신을 돌아보게 하고, 올바른 삶의 모습을 일깨워 주지요. 3부는 우정을 주제로 서정적이며 긍정적인 사고와 자존감을 가지고 인내하며, 겸허한 마음으로 서로 돕고 격려하고 배려하는 마음을 갖게 해요. 4부는 자연 속에서 기쁨을 느끼며 상상력을 길러주고 생명 존중과 자연의 신비를 깨닫고 주어진 삶에 감사할 줄 알게 하지요.

이제 나의 울 밖으로 나서는 아이 같은 동시들이 잘났거나 못났거나 꽃을 닮은 미소 지어 보일 수 있다면 얼마나 좋을까요! '내 눈은 USB'를 여는 친구들이 조금이라도 공감하고 마음이 정화되어 기억에 남는 꽃 한 송이 가슴에 담아갈 수 있다면 더없이 기쁘고 고맙겠지요.

끝으로 이번 동시집의 그림은 올해 새 가족이 된 며늘아기가 그려 주었어요. 늘 하던 일이라도 쉬운 일이 아닌데 한 번도 안해 본 동시집 그림을 그려보겠다기에 다소 걱정도 되었어요. 그러나 무엇을 잘하고 못하고 결과도 중요하지만 노력하는 과정도 소중하고, 글 쓰는 나의 일과 동시에 관심을 가지고 새로운 것에 도전해 보려는 용기가 기특하고 마음이 예뻤어요. 서툴고 부족하지만 가족이 함께 한다는 것 또한 의미 있는 일이고 행복이 아닐까요? 고맙지요. 우리 어린이 친구들도 무엇이든 하고 싶은 것 있으면 할 수 있다는 용기와 자신감을 가지고 새로운 일에도 도전해보는 것은 어떨까요? "난, 할 수 있어!"

2021년 가을

김 기 자

목차

2부
귀로 맡는 향기

7

3부
또 누가 있을까

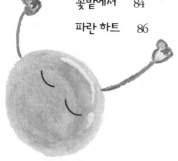

1부

웃음 봉투

자동스위치

날마다 나만이 켤 수 있는
마음스위치

감사하면
기쁨스위치 딸깍,

기쁘면
웃음스위치 딸깍,

웃으면
건강스위치 딸깍,

건강하면
행복스위치 딸깍…,

감사스위치 켜면 켜지는
자동스위치.

12

웃음 봉투

엄마 생일날,
동생이
하얀 빈 봉투 한 장을 내밀었어요.

- 이게 뭐야?
- 엄마 좋아하는 생일 선물!

푸하하하!
깔깔깔!
웃음이 팝콘처럼 쏟아졌어요.

작년 엄마 생일 때
아빠가 귀에 대고 알려주었거든요.

- 네 엄마는
  봉투를 제일 좋아해.

우리 가족

동네 어른들은
아빠를 보고
부처님 가운데 토막이라 하고
엄마를 보면
성모마리아 닮았다고 하는데,

아빠 닮은 누나는
세상에 둘도 없는 천사라 하고
엄마를 꼭 닮은 나는
똥강아지래요
이럴 수가 있나요?

이건 순전히
할머니 때문이에요
나만 보면
'우리 똥강아지, 똥강아지' 하며
하회탈 웃음을 짓거든요
나 참!

쌈 대장

할머니가 뜯어 오신
푸른 텃밭 한 바구니,

상추, 쑥갓, 치커리, 고추…

삼촌과 마주앉아
양 볼을 볼록볼록,

눈 부릅뜨고
아구작아구작!

- 쌈 대장들 뱃속이 싱싱해졌겠다.

푸른 텃밭 가득 담은
할머니 미소.

눈물이 웃었다

'울면 안 돼 울면 안 돼.'

캐럴을 불러 주던 할머니가
전화를 받다가 눈물을 닦는다

세살배기 손주 동그래진 눈으로
- 함머니 왜?

- 할머니 친구가 지난밤
 하늘나라로 갔단다

단풍잎 손으로
눈물을 닦아주며 캐럴을 부르는 손주

- 함머니!
 울면 안 돼 울면 안 돼

할머니 눈물이 웃었다

무릎의자

- 우리 아기
 걸을 수 있는 다리 주셔서 감사합니다.
- 우리 아기
앉힐 수 있는 다리가 있어 행복합니다.

걸음마 시작한 용이가
아장아장 걸어와 내미는 엉덩이
번쩍 들어 무릎에 앉히고
눈시울 적시는

걷지도 못하고
앉아있어도 굽히기 힘든
뼈정다리
용이 엄마

싫고, 싶고

손 하나만 가지고도
칭찬 받는 효자손.

나도 효자손 되고 싶어
엄마 등 긁어드리면

- 넌, 피아노 연습 잘하는 것
  그게 효도야.

피아노 건반 앞에서
머리만 긁적긁적

피아노는 치기 싫고
효자손은 되고 싶고.

24

손꽃

텔레비전 가득
꽃향기 피워내는 함박웃음.

화상을 입어 얼굴과 손이
심하게 일그러진 지우 엄마,

뭉툭뭉툭 오그라든 그 손가락으로
20년이나 가위질해 옷 만들고 수선일하며

일찍 아빠 잃은 어린 형제
혼자서 키웠대요.

또각또각 양파 썰고 호박 썰어
된장찌개 밥상 차려내고,

- 흉한 얼굴 부끄럽지 않아요.
  일 할 수 있는 손이 참 고마워요.

외할머니 냄새

엄마는 힘들고 속상할 때마다
돌아가신 외할머니 속저고리를 꺼내
냄새를 맡아요.

장롱 속 비밀주머니에
꽁꽁 숨어 있다가 엄마를 울리는
낡은 외할머니 속저고리.

내가 엄마 품에 안겨 울 때면
토닥토닥 어루만져주던
엄마 냄새처럼

외할머니 속저고리도 엄마에게
정다운 엄마냄새
풍겨 주나 봐요.

수재민

밤새 비가 내렸다
지렁이마을에도 홍수가 났나보다

겨우 맨몸으로 빠져나온 지렁이들
길바닥 여기저기 엎드렸다

꿈틀꿈틀
상처투성이로 허덕이는 몸짓

집 잃고 가족 잃고
살길 막막한 수재민들 모습이다

알았다

생일날
엄마가 끓인 미역국을 먹으며
이모가 말했다.

- 아! 바로 이 맛이야.
  어릴 때 먹었던 엄마 미역국.

이모 엄마는
외할머닌데….

아, 알았다.
엄마 음식 솜씨가 바로
외할머니 솜씨였구나.

얼굴 한 번 뵙지 못한
외할머니 솜씨는
지금도 살아있구나.

형님

동생은 나를 부를 때
꼭 '님'자를 붙인다

말을 배우기 시작 할 때부터
"형님! 해 봐."하고
엄마가 가르쳐주었기 때문이다

- 형님! 형님!
졸졸 따라다니며
형님이라 부르는 동생

친구들이 놀릴 땐
부끄럽다가도
- 그 녀석, 형한테 깍듯하네.

어른들에게 칭찬받을 땐
나도 모르게
어깨가 으쓱으쓱,

주머니 열렸다

구두쇠 할아버지
주머니 열렸다.
지역 센터 아이들 아이스크림도 사주고
길에서 만나면 사탕도 나눠 준다.

- 할아버지 돈은 곰팡이 폈을 거야!
수군수군 떠돌던 동네 사람들 말이
하하 호호 웃음으로 바뀌고
아이들 입도 벙글벙글 열린다.

무섭다고 슬금슬금 피하던 눈망울도
졸졸졸 웃음 달고 따라다닌다.

32

이제 할아버지 주머니엔
아이들 마음이 찰랑찰랑 넘친다.

벌벌벌벌

"이게 뭐니?"

총알처럼 튀어나오는
엄마목소리

여기저기 아무렇게나 던져진
책가방, 만화책, 뒤집어진 양말, 셔츠…

컴퓨터 자판기 위에
멈춰진 손가락
벌벌벌벌!

책상 밑 과자봉지
슬쩍 밀어 넣는 발가락도
벌벌벌벌!

어지럽게 너부러진 지우개 똥,
뽀얀 먼지도 덩달아
벌벌벌벌!

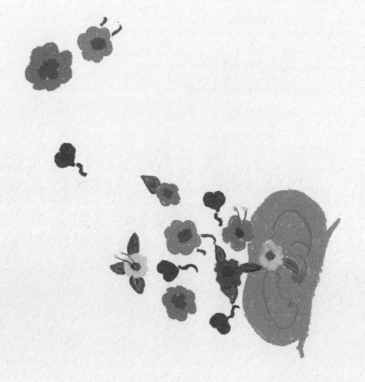

2부

귀로 맡는 향기

귀로 맡는 향기

향기는
꽃에만 있는 게 아니야
말에도 있어

코로 맡는 꽃향기
귀로 맡는 말향기.

코로 맡는 향기
바람따라 사라지지만
귀로 맡는 향기
가슴에 스며들지.

"넌 할 수 있어"
지친 내게 힘이 되는 말
"난, 널 좋아해"
가슴 뛰게 하는 속삭임

귀로 맡는
말의 향기.

꽃게가 하는 말

주방까지 잡혀온 꽃게
억울하다며 거품 물고

집게발 치켜들며
엄마를 노려본다.

- 제발 좀 내버려둬요
나, 열 받으면
온몸이 빨개진다는 걸 몰라요?

구멍

궁금해?

들여다보고 싶어 하는 사람에게만
보인단다.

캄캄해?

어둠을 볼 수 있는 사람에게만
보인단다.

혓바늘

혀는
둥글고 부드러운데
어떻게 바늘처럼 콕 찌르고,
아픈 말 하지?

따끔따끔,
아하! 혀에도
바늘이 숨어 있었구나
말조심 해야겠다.

정수기

찬물만 나오는 정수기가
찬물, 뜨거운 물 나오는
정수기에게 말했어.

- 넌 왜 그리 변덕스럽니?
  뜨거웠다, 차가웠다…

그러자
찬물, 뜨거운 물 나오는
정수기가 대답 했어.

- 넌, 사람들이 변덕스러운 걸 아직도 몰랐니?
  그러니까 네가 찬물이지

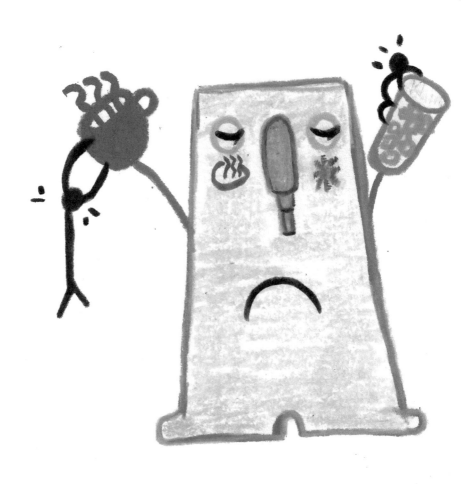

수돗물이

세상 밖으로 나오고 싶어
얼마나 참고 기다린 걸까

꼭지를 틀자
터져 나오는 함성
콸콸콸

어둠 뚫고 쏟아내는
맑은 물소리

누군가의 목마름 축여주고
손 한 번 씻어주는 게
큰 기쁨이고 맑게 사는 거라며

밑바닥까지 기꺼이 떨어져
낮은 곳을 향한다.

신호등

늘 함께 있으면서도
다투지 않고 사는 신호등.

빨간불 불뚝 나서면
파란불 숨죽여 물러서고,
파란불 불뚝 나서면
빨간불 숨죽여 물러서고.

다투지 않고 지내는 법
우리도 배우지.

친구가 불끈 화낼 땐
내가 슬며시 참아주고,
내가 불끈 화낼 땐
친구가 슬며시 참아주고.

한 글자 차이

- 창문을 열었다
- 창문이 열렸다

같은 걸 보고
같이 말했는데

참 다르다

'을' 과 '이'
한 글자 차이로

너와 내가 바뀐다.
주인공이 바뀐다.

외롭지 않아

난, 못 생긴 머그컵
그래도 괜찮아
외롭지 않아.
날마다 식구들이 자주 찾는 건
바로 못 생긴 나거든

잘생기고 예쁘면 뭘 해?
손님 올 때만 잠깐
밖으로 나왔다가
금세 찬장 속에
갇히고 마는 걸.

수박색

수박은 무슨 색일까?

초록색!
아니,
빨간색!

초록색이 맞아
할머니도 내 초록색 치마를 보고
'수박색 참 곱다'고 하셨어.

아니, 아니,
겉을 보면 초록색
속을 보면 빨간색

그럼 수박색은?

귀

달콤한 말 잘 들리는 귀,
칭찬만 듣고 싶은 귀
내 귀

맵고 쓴 말 잘 안 들리는 귀,
꾸중은 듣고 싶지 않은 귀
내 귀

56

청개구리 달력

달력은
청개구리인가 봐

빨리 오라는
생일 날, 어린이날, 방학하는 날은
얼른 오지 않고,

오지 말라는
연이 이삿날, 시험 날, 삼촌 군대 가는 날은
금세 다가오고.

아기수첩

할아버지가 쓰는 안경은
할아버지안경

할머니가 짚는 지팡이는
할머니지팡이

아빠가 신는 구두는
아빠구두

누나가 메는 가방은
누나가방인데,

왜?
엄마가 쓰는 수첩은
아기수첩이지?

체중계

고장 난 우리 집 체중계,
2kg 적게 나가지요.

엄마가 재고나선 환히 웃고
나도 재고나선 호호 웃지요.

다이어트 안 된다고 울상인 고모
저울 위에서 활짝 웃어요.

눈치 챈 나를 보고
체중계가 쉿!

모른 척 하라고
손가락을 좌우로 흔들다 멈추네요

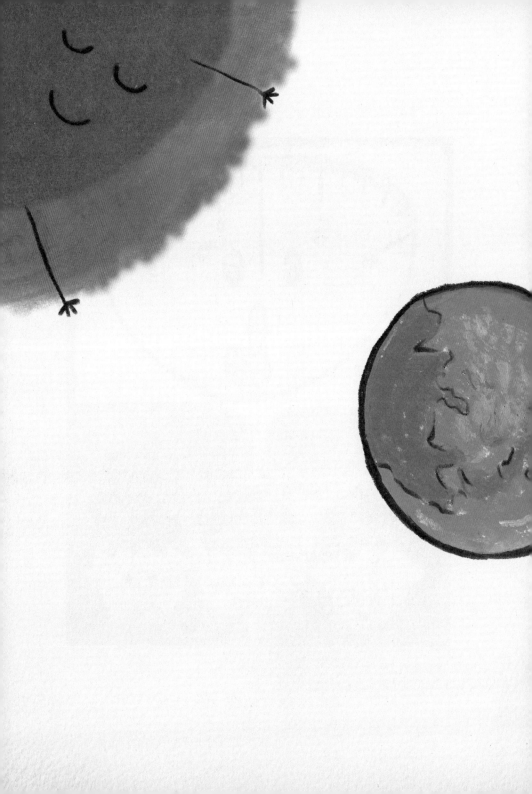

3부

또 누가 있을까

한 표

반장 투표에서
성훈이에게 한 표 차이로 졌다

나를 약 올리는
정우 때문이라 생각했는데

믿었던
승희 때문이었다

누구보다도 나를 가장 좋아한다던
생글생글 승희가 찍은 한 표

반장이 되지 못한 것보다
더 섭섭한

그
한 표.

난 다 알아

덜컹덜컹
창문만 흔들지 말고
들어오고 싶으면 들어와
난 다 알아
네가 내 곁에 있다는 거

쿵쿵쿵쿵
가슴만 두드리지 말고
말하고 싶으면 말해봐
난 다 알아
네가 내 곁에 있다는 거

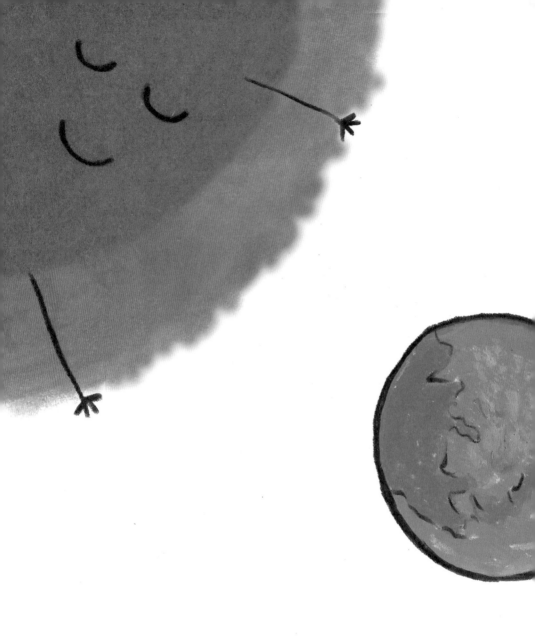

또 누가 있을까

스물 네 시간,
하루라는

같은 시간,
같은 공간속에

늘 함께 있어도
만날 수 없는

해는
달이 보고 싶고

달은
해가 보고 싶고.

넝쿨장미
- 오해

잘못 들은 걸까?
전해들은 친구 말이
벽을 타고 오르는 넝쿨장미 가시처럼
자꾸자꾸 마음을 찔러댄다.

꺾어 버릴까?
뽑아버릴까?

기다리자,
기다리자.

마음 속 넝쿨장미
벽을 감싸고 휘돌아 꽃을 피우면
마음 문 열리겠지
향긋한 향기가 활짝 열어주겠지.

말 내시경

- 야, 바보 멍청아!
친구들이 손사래 치는
거친 말

- 너랑 안 놀아!
아픔 주는 줄도 모르고
톡 쏘는 말

무엇 때문일까?

말 내시경으로
검사해 보고 싶다.

마음속 어디에
독소 뿜는 세포가 숨어 있는지…

72

74

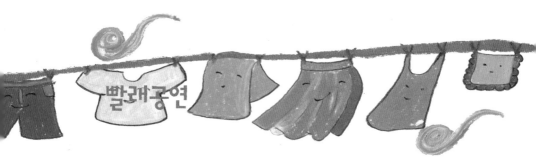

빨래공연

- 빨래집게야,
  너 아니면 내가 어떻게 맘 놓고
  이 무대에 설 수 있겠니

- 걱정 마 빨래야,
  마음 놓고 열심히
  춤이나 잘 춰.

- 고마워,
  반짝반짝 빛나는 공연
  깔끔하게 마칠 수 있을 거야

- 그래, 넌 잘 할 수 있어
  나를 믿고 함께 해줘서
  나도 고마워.

빗방울과 빨래집게

빗방울이
빨래 줄에서 울먹였어요.

- 빨래집게야!
  나도 빨래랑 놀고 싶은데 다 어디로 간 거니?

빨래집게도
눈물을 흘리며 대답했어요.

- 나도 답답해 빗방울아
  너만 보면 빨래들이 다 도망가지 뭐니

그 아이

병일까?
약일까?

안보면
머리가 아프다가도,

보고 있으면
아픔을 멎게 하는…

참 이상한
아이,

그
아이.

자동문

솔이가 어깨동무 하면서
눈웃음 지어도 시큰둥

혁이가 만화책 보여주고
게임을 하자해도 시큰둥

꼭 닫혀 열리지 않는
내 마음

하늘이만 나타나면
재미없는 만화도 재미있고
지루하던 게임도 신나고…

나도 몰래 스르르 열리는
하늘이 앞에 내 마음은
자동문

그건

맵다 맵다 하면서도
떡볶이 같이 먹고,
덥다 덥다 하면서도
불닭 같이 찾는 거,

너, 그건
내가 좋다는 거지?

싫다 싫다 하면서도
오래 기다려주고,
밉다 밉다 하면서도
함께 다니는 거,

너, 그건
내가 좋다는 거지?

1.
조그맣고 수많은 별들을
반짝반짝 돋보이게 하려고
하늘 높이 띄워주고
자기 몸은 스스로 낮춰
찬란한 빛 감추는 해.

2.
둥근 해를 가슴에 품어 안고
눈부신 빛 다시 바라볼 수 있도록
날마다 하늘 높이 띄워주고
자신은 낮은 자리에 엎드려
기도드리는 바다.

84

꽃밭에서

- 넌 참 예뻐!
  내가 너무 크지?
  미안해.

채송화를 보며 웃는
해바라기

- 넌 정말 멋있어!
  내가 너무 작지?
  미안해.

해바라기를 보며 웃는
채송화.

파란 하트

며칠 동안 안 본 사이 난 화분에
괭이밥이 가득

'너희들이
집까지 뺏으려 하는구나'

몽땅 뽑아 버리려다
멈칫 하고 말았어.

줄기마다 파란 하트 펴들고
빤히 쳐다보고 있지 뭐야

- 사랑해!
- 사랑해!

내 마음속에도
파릇파릇 하트가 돋아났어.

4부

랜선 무대

봄이

땅에다 입 맞추면
파란 새싹이 쏘옥

꽃나무에 입 맞추면
꽃망울이 뾰봉

연못에 입 맞추면
개구리가 폴짝

입 맞추는 곳마다
새 생명이 꿈틀!

랜선 무대

갈매기는
물 위에서 춤을 추고

물고기들은
물 밑에서 춤을 추네.

너울너울, 살랑살랑
출렁이는 바다군무

바다는 벌써부터 알고 있었나 봐.
비대면, 거리두기, 코로나 랜선 무대

USB 메모리

산길 걷다가
갈잎 수북한 낙엽 위에 누웠다

빈 가지들 사이
파란 하늘

치짓치짓 포로롱 둥지 찾아드는
노랑턱멧새

저 멀리 날아가는
브이 자 기러기 떼…

높고 맑은 가을풍경들이
모두 눈에 담긴다

조그만 내 눈이
세상 모든 걸 담을 수 있는
USB 메모리였구나!

94

낮달맞이꽃

대문 밖 울타리
길섶에 나와 앉아

하늘만 바라보며
낮달만 기다리다

시샘 난 해님에게 들켜
발갛게 물든 얼굴.

가을 볕

시골집 마당에
가을볕이 쏟아집니다.

멍석 깔고 누운
붉은 고추들,

가끔씩 자리 고쳐 앉는
대추와 곶감들,

대청마루 한쪽을 차지한
누런 호박 덩이들…

가을볕이 껴안는 풍경
누구와도 잘 어울려 정겹습니다.

꽃 속에는

꽃 속에는
의자가 있나봐.

나비가 앉아
쉬었다 가고,

벌도 앉아서
쉬었다 가고….

폭우 2

하느님이 엄청
화가 났나 봐요.

고함소리 무서워
작은 풀꽃들
땅에 납작 엎드린 채 눈물범벅이에요.

겁먹은 큰 나무들도
쉑엑 쉑 쉿소리를 내며
목이 쉬도록 울고 있어요.

아기 새들은 도대체
어디에 숨었을까요?

하느님 이제
그만 노여움 풀면 안 될까요?

그늘

- 아이 더워! 아이 더워!
부채질하는 사람들이 안타까운지

나무들이 제각기
그늘을 내놓습니다.

- 우리는 햇볕이 있어야
  살 수 있거든.

더운 햇볕 내리쬐는 게
자기네 탓이라고 생각하는지

제 몸집만큼씩 자리 펴고
시원한 그늘을 펼쳐 놓습니다.

바람 부는 날

가을 숲속은
나무들의 훈련장.
바람대장 구령소리
쏴아 웅! 쏴아 웅!

- 발바닥 땅에 붙이고,
  다리에 힘을 줘야지!
  팔 힘 빼고, 온몸 흔들기

쏴아 웅! 쏴아 웅!
구령 따라 단단해지는
숲 속 나무들,

아무리 매서운 겨울바람도
이젠 걱정 없겠다.
펑펑 눈이 쌓여도 걱정 없겠다

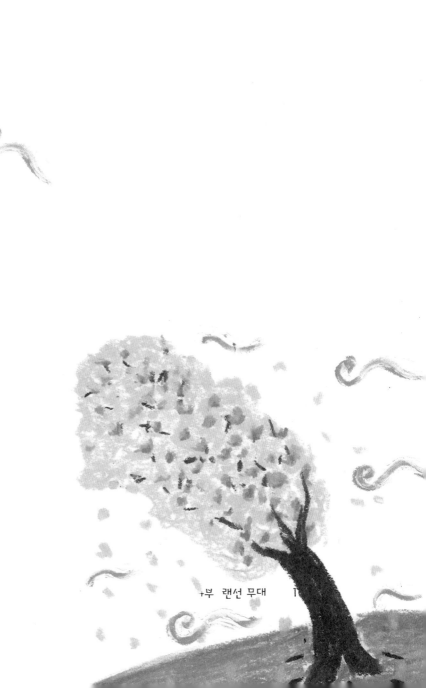

+부 랜선 무대   1

짓궂은 바람

못 들어가게 막으면
더 들어가고 싶은 거 알지?

꼭 닫힌 문
퉁퉁퉁 두드리다가
덜컹덜컹 흔들어보다가

조그만 문틈 찾아
슬쩍 들어온 바람.

휘익~
코끝 쌔앵~ 등이 오싹!
책장도 뒤적뒤적

문 안 열어줘도
나 들어왔지롱!

106

화분 나무

나는 작고 좁은 집에 사는
소나무예요

사람들은
날씬하고 키 큰 걸 좋아하면서도
몽땅한 나를
예쁘다 하네요.

비좁고 불편한 것 싫어하면서도
팔다리 꼬이고 허리 비틀린
나를 보고
멋있다 하네요.

뒤틀린 팔이 아파요
꽉 조인 발도 너무 저려요
팔 다리 쭉쭉 뻗으며
키 크고 싶어요

그래도 참고 견뎌요
좋아하는 눈길 있으니까요

텅텅텅

개학날이 언제인데
교실은 아직도 텅텅텅

학교 골목식당
떡볶이집도 텅텅텅

어린이집, 유치원
놀이터도 텅텅텅

보이지도 않는 코로나바이러스 무서워
온 동네가 텅텅텅!

햇빛 미소

앙코르 톰의 바이온 사원*
검게 그을린 사면(네모)탑,

동서남북에 새겨진
큰 바위 부처 얼굴

햇빛 따라 웃는 눈이 발그레
연꽃잎이다.

꽃잎 벙글 듯
금방이라도 열릴 것 같은

꼭 다문 입,
두툼한 입술.

천 년 전에도 비추었을 햇살을
가득 머금고 있다.

* 캄보디아에 있는 자야바르만 7세가 축조한 사원

겨울 아이

벌써 4월인데
무슨 일이야?

맨발로 뛰어나온 목련이 깜짝 놀라
반쯤 벌린 입 다물지 못한 채
가지 끝에 앉아서 바르르,
꽃등 달던 벚꽃도 바르르

겨울 아이야,
너도 봄꽃놀이 하고 싶어
심술바람 데리고
되돌아 온 거니?

봄 햇살에
언 마음 사르르 눈물방울 똑, 똑,
꽃 입술에 입맞춤하고 사라지는
4월의 봄눈

멈춤, 탄소발자국

빙하가 녹으면 그 속에 숨어있는
수 만년 묵은 바이러스 흘러나와
코로나보다 더 힘든 팬데믹이 온다는데

태풍, 홍수, 때 아닌 우박, 이상기후 보이며
지구를 점점 뜨겁게 하고 힘들게 하는
탄소발자국 생각해 보았니?

샤워기 마냥 틀어놓고 쫙쫙~
무심히 흘려보낸 물로 생기는 탄소발자국
샤워시간 1분만 줄여줘 볼래?

컴퓨터 켜놓고 어디 간 거니
가득 찬 메일함에 생기는 탄소발자국
불필요한 메일함 정리해 줄래?

멈춤, 탄소발자국
지구를 살리는 일

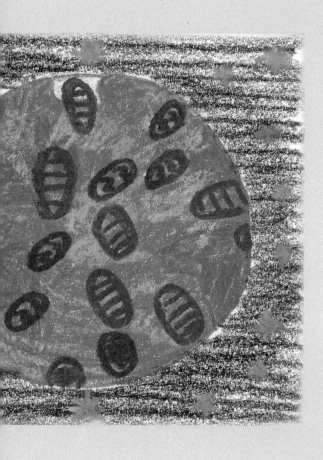

김귀자 동시집

내 눈은
USB

초판 인쇄 2021년 11월 22일
초판 발행 2021년 12월 15일

지은이   김 귀 자
그린이   백 지 은
펴낸이   장 지 섭
편집디자인 김 은 숙
인쇄 / 제본 (주)금강인쇄
펴낸 곳   도서출판 시인
            등록번호 제384-2010-000001호
            등록일자 2010년 1월 11일
            13992 경기도 안양시 만안구 안양로 320번길 20(안양동) B동 2층
            Tel 031-441-5558 Fax 031-444-1828
            E-mail : siin11@hanmail.net / www.siin.or.kr

©김귀자 2021 printed in Seoul, Korea
   ISBN 979-11-85479-28-6 (03810)

[이 책은 경기도, 경기문화재단, 안양시, 안양문화예술재단의 경기예술활동지원사업을
지원 받아 발간되었습니다.]

정가는 뒷표지에 있습니다.